GALOCHE

CAUCHEMARS À LA QUEUE LEU LEU

Catalogage avant publication de Bibliothèque et Archives nationales
du Québec et Bibliothèque et Archives Canada

Brochu, Yvon

    Galoche : cauchemars à la queue leu leu

    (Galoche ; 12)
    Pour les jeunes de 9 ans et plus.

    ISBN 978-2-89591-143-2

    I. Lemelin, David. II. Titre. III. Collection : Brochu, Yvon. Galoche ; 12.

PS8553.R6G346 2012   jC843'.54   C2011-942455-X
PS9553.R6G346 2012

Tous droits réservés
Dépôts légaux : 2e trimestre 2012
Bibliothèque nationale du Québec
Bibliothèque nationale du Canada
ISBN 978-2-89591-143-2

© 2012 Les éditions FouLire inc.
4339, rue des Bécassines
Québec (Québec) G1G 1V5
CANADA
Téléphone : (418) 628-4029
Sans frais depuis l'Amérique du Nord : 1 877 628-4029
Télécopie : (418) 628-4801
info@foulire.com

Les éditions FouLire reconnaissent l'aide financière du gouvernement du
Canada par l'entremise du Fonds du livre du Canada pour leurs activités
d'édition.

Elles remercient la Société de développement des entreprises culturelles du
Québec (SODEC) pour son aide à l'édition et à la promotion.

Elles remercient également le Conseil des Arts du Canada de l'aide accordée
à leur programme de publication.

Gouvernement du Québec – Programme de crédit d'impôt pour l'édition de
livres – gestion SODEC.

IMPRIMÉ AU CANADA/PRINTED IN CANADA

GALOCHE

CAUCHEMARS À LA QUEUE LEU LEU

YVON BROCHU

Illustrations
David Lemelin

Vivre avec les humains, c'est souvent un vrai cauchemar. Imagine lorsque plein d'humains se retrouvent au cœur de mes cauchemars : c'est l'enfer ! Comme dans cette nouvelle aventure. Mais si tu aimes mourir de peur ou rire à mourir, ce roman sera un pur bonheur pour toi... foi de Galoche !

Bonne lecture !

N'oublie pas qu'il me fait toujours plaisir de t'accueillir dans ma cyberniche
www.galoche.ca

TRADITION FAMILIALE, TIGRE DU BENGALE ET LIT CONJUGAL

Ah, vendredi après-midi! Même s'il fait très gris, chaud et humide, quel beau moment!

Soleil ou pas, moi, Galoche, j'adore la fin de semaine. Je peux enfin passer beaucoup de temps avec ma Douce, mon soleil à moi. Voilà pourquoi j'ai le cœur qui bat très fort, actuellement.

En haut de l'escalier, j'attends mon Émilie. Elle ne devrait plus tarder. Et j'ai le ventre qui gargouille de plaisir en pensant à demain. Chaque samedi matin, Fabien, le grand-gros-barbu de père d'Émilie, fait des crêpes: une tradition dans la famille Meloche. Il me donne toujours quelques morceaux bien imbibés de sirop d'érable. Il me les glisse sous la table, mais jamais assez discrètement, malgré ses efforts, pour éviter que son geste ne soit repéré par l'œil de lynx de sa femme, Marilou...

– Fabien, arrête! Tu ne trouves pas que Galoche est bien assez gros? Si ça continue, il va se mettre à rouler au lieu de marcher. Déjà qu'il DÉBOULE les marches de l'escalier... On va devoir l'appeler Bouboule!

Heureusement, le père d'Émilie prend toujours ma défense.

– Pauvre Galoche, il ne peut pas manger que des boules sèches. C'est inhumain...

– Justement, c'est un CHHHHIEN, Fabien! Quand vas-tu comprendre que tu n'as pas à le traiter comme un humain?

Mais le père d'Émilie n'en démord pas : il continue de me faire goûter à ses délicieuses crêpes et d'encaisser les semonces de Marilou. Vraiment, un grand ami que ce Fabien !

BADANG !

Tout d'un coup, au sommet de l'escalier, mes cent mille poils sont au garde-à-vous. Je viens d'entendre un bruit étrange provenant du garage. « Un voleur ? »

Non, je ne m'énerve pas le poil des pattes pour rien. À ce moment-ci de l'après-midi, aucun Meloche n'est arrivé. Et non, il n'y a pas d'alarme dans la maison. Fort heureusement ! Sinon, il aurait fallu que je passe mes journées en cage afin de ne pas faire partir le système au moindre mouvement de queue ou d'oreille... ou même au moindre ronflement, tellement ces alarmes sont sensibles à chaque petit déplacement d'air.

D'ailleurs, quel affrontement terrible ce fut, il y a plusieurs années, entre mon Émilie et presque toute sa famille pour enrayer cet éventuel fléau d'une alarme dans la maison...

– Il n'y a rien de mieux qu'un chien comme système d'alarme! a affirmé ma Douce.

– Comment veux-tu qu'une pauvre boule de poils comme Galoche puisse nous défendre contre un voleur? a argumenté la sous-ministre Marilou. Et pas question qu'on vole un seul de mes rapports ministériels, ce serait la catastrophe!

– Et moi, a renchéri la grande diva Éloïse, l'aînée de la famille, tous les beaux costumes de théâtre que je collectionne valent une fortune!

– C'est encore pire pour moi, y avez-vous pensé? a lancé Sébastien, le frère d'Émilie. Tout mon kit ultramoderne pour mes expériences scientifiques, ça vaut bien plus que le tas de guenilles d'Éloïse.

– Toi, Monsieur-je-sais-tout, fais attention à ce que tu dis parce que mes costumes...

– Non, PAS D'ALARME ! a hurlé mon Émilie. Sinon... je ne vais plus à l'école !

Je n'étais alors qu'un chiot. « Dans quelle famille de fous ai-je atterri ? » me suis-je dit, tout frémissant de peur.

Et cette tempête verbale *melochienne* a pris fin seulement quand Fabien s'est mis en colère, lui qui est toujours aussi calme qu'un bon gros poilu de saint-bernard.

– Silence !... Et écoutez-moi bien, tous ! J'ai accepté qu'Émilie ait un chien. Par conséquent, on n'est pas pour le traiter comme un prisonnier. Passer toute la journée dans une cage, c'est... inhumain !

– Oui, mais c'est un chhhien...

– PAS D'ALARME, UN CHIEN, C'EST TOUT !

Loin de rire du lapsus commis par le grand-gros-barbu de père d'Émilie, la famille Meloche n'a rien ajouté, craignant sûrement, comme moi, que Fabien explose tellement son visage était rouge... C'est donc Fabien qui a eu le dernier mot et c'est ainsi que j'ai évité la cage à perpétuité. J'en fus quitte pour une bonne frousse, un point, c'est tout.

Mais là, en ce vendredi après-midi, aux aguets en haut de l'escalier après avoir entendu ce bruit inhabituel, je dois avouer que j'ai la frousse. Mon pif légendaire me dit qu'il y a voleur en la demeure et que je ne peux faire fi de mon rôle de gardien, comme tout bon chien vivant chez les humains. D'autant

que les Meloche ont remisé beaucoup d'objets dans le garage à la suite de grandes rénovations dans la maison. Et c'est justement du garage qu'émergent ces sons étouffés et bizarres.

N'écoutant que mon courage canin, je rentre bien les griffes et descends les marches sur le bout des coussinets. Déjà, à mi-chemin, je me félicite de ma descente sans le moindre petit craquement. « Mieux qu'un chien policier ! » que je me dis, en déposant la patte gauche sur une nouvelle marche.

BADANG ! BADING !... Un objet semble avoir volé en éclats dans le garage.

Ma patte glisse brusquement vers l'avant. Aussitôt, je pique du museau et me retrouve en bas de l'escalier, en deux boum et trois bang, avec mon foulard et ma médaille sur la tête. Mes oreilles s'élèvent comme deux antennes : « Ouf ! Aucun autre mouvement suspect dans le garage ! Le voleur ne m'a pas entendu ! » Sans tambour – autre que mon cœur qui bat à tout rompre – ni courbette, je me faufile dans le corridor. Je vais droit vers la porte qui donne sur le garage. Plus je me rapproche, plus des bruissements me font frémir les oreilles et me confirment qu'un individu est en train de nous dévaliser. « Galoche, tu dois t'en assurer *de visu* avant de passer à l'action... » Aussi, à petits coups de museau, je réussis à entrouvrir la porte sans le moindre grincement.

Catastrophe ! De dos, j'aperçois un individu, vêtu d'un vieux jean, portant des souliers de course tout sales et penché au-dessus d'une grosse boîte de carton, qu'il semble en train de remplir. « Ah, le misérable ! Il a pris les objets qui ont le plus de valeur et il va sûrement se sauver d'un instant à l'autre ! QU'EST-CE QUE JE FAIS ? »

Bon, mon angoisse s'accentue de seconde en seconde, je l'avoue. Bien entendu, j'ai l'instinct canin aussi développé et puissant que celui d'un chien policier pour me permettre de suivre la trace d'un bandit, mais... je n'ai sûrement pas la couenne aussi dure que ce dernier, ni les crocs aussi gros, ni les pattes aussi puissantes, ni l'épine dorsale aussi solide, ni... ni... bref, je ne suis pas gros, moi !

Soudain, je revois Marilou en train de dire à ma douce Émilie:

– Comment veux-tu qu'une pauvre boule de poils comme Galoche puisse nous défendre contre un voleur?

Il n'en faut pas davantage pour me rappeler l'histoire de l'alarme et tous les sarcasmes de Marilou à mon endroit depuis mon arrivée chez les Meloche. «Pas question de donner raison à la mère d'Émilie ni de lui offrir l'opportunité de faire entrer une alarme dans la maison, foi de Galoche!»

Et, comme dans tous les grands instants d'excitation extrême, je fais confiance à mon instinct et lance: «IVG!»

La seconde d'après, me voilà qui bondis vers le voleur et saute sur son dos.

– Wrrrrafff!!!

Un vrai tigre du Bengale!

Comme je l'espérais, le voleur s'écrase dans la boîte. Il s'y enfonce telle une marionnette… «Wow! Première opération réussie! que je me félicite. Oups! mais après?…»

Eh non, mon scénario n'allait pas plus loin. Bien entendu, un vrai chien policier aurait pu casser le dos du voleur ou lui faire tellement peur que ce dernier se serait sauvé… Quant à moi, je ne peux que lui avoir égratigné le dos, sans plus.

«Euuuh… oui, il… il va se relever… je fais quoi, alors? Euh… improvise vite, Galoche!» que je me répète. IVG! IVG!

Je ne ressemble plus tellement à un tigre du Bengale... mais plutôt à un pauvre chat de gouttière! Tout ce qui me vient à l'esprit, c'est de prendre la *patte* d'escampette et d'espérer qu'Émilie arrive de l'école sur-le-champ.

Des grognements s'élèvent de la boîte. Effrayé, je fais demi-tour et fonce vers le corridor. Avant que je ne sois sorti du garage, mes oreilles, grimpées sur ma tête comme deux antennes de radar, captent le message suivant:

– Arrête, vieille sacoche de malheur! ARRÊTE!

Je freine brusquement. «MARILOU?!»

D'un coup, me voilà métamorphosé en *miniminet*... Je me retourne et vois Marilou, fraîchement sortie de la boîte, qui s'amène en trombe. La sous-ministre est méconnaissable: lunettes de protection, bandeau enroulé sur la tête, vieille chemise à carreaux sur le dos, gants de travail, jean délavé et souliers de toile tout sales. Jamais je ne l'ai vue habillée ainsi, elle qui, jour après jour, semble vêtue pour aller faire un défilé de mode.

« Et puis, qu'est-ce qu'elle fait ici, un vendredi après-midi ? Elle ne revient jamais avant que Fabien ait fait le souper ! »

Moi, Galoche, je suis catastrophé : elle ne me lancera sûrement pas de fleurs pour mon ardeur à défendre la maison contre les voleurs ! Je m'attends plutôt à recevoir le pot...

– Espèce de chien fou, tu aurais pu me casser le dos ! T'es complètement malade !...

Morceau par morceau, j'encaisse et ramasse le pot.

– Tu raisonnes comme une cloche ou quoi?

C'est au tour de mon orgueil de tomber en mille miettes, foi de Galoche!

BANG! « Ouf! sauvé par Émilie! » Je me réjouis, reconnaissant le bruit familier de la porte se fracassant sur le mur du vestibule à chaque retour de l'école de ma Douce. Sans plus porter attention au flot d'invectives de Marilou, je déguerpis pour aller accueillir ma Douce.

– GALOCHE, TÊTE DE PIOCHE, ICI! J'AI PAS FINI...

Je grimpe déjà les marches quatre par quatre, à la poursuite d'Émilie. Celle-ci est montée à sa chambre aussi vite qu'une gazelle. « J'ai vraiment besoin d'elle pour me remonter le moral et me défendre contre Marilou... »

Je pénètre dans la chambre à toute vitesse et... OUTCH!... je reçois son sac à dos sur le nez.

– Oh, pardon Galoche! Je ne t'avais pas vu...

Et sans la moindre caresse ni question sur la journée que j'ai passée, ma Douce lance sur son lit une petite valise et commence à y jeter du linge pêle-mêle: pyjama, bas, chandail...

« Oh, oh! Il se passe quelque chose de spécial... »

D'habitude, dès son entrée, le vendredi après-midi, mon Émilie écoute sa musique et m'informe des activités qu'elle prévoit faire durant la fin de semaine, soit en ma compagnie, soit avec son ami Pierre-Luc, ou encore avec nous deux.

Encore immobile près de la porte, je bondis dans les airs quand la voix du faux voleur au jean délavé se met à hurler :

– Ah, ah ! Vieille poche de poils toute moche, tu croyais que je te laisserais aller comme ça ?...

– Maman ?... s'étonne mon Émilie, dont les yeux fixent l'accoutrement de Marilou. L'Halloween, c'est seulement dans cinq mois.

– Très drôle ! réplique la mère de ma Douce en esquissant une moue. Bien entendu, tu as oublié que c'est la fin de semaine du grand ménage ! Les rénovations sont terminées, alors on lave partout et on replace tout... J'ai pris un de mes premiers après-midi de congé à vie, Émilie, pour tout préparer.

– Malheureusement, vous allez faire le grand ménage sans moi! répond Émilie, enjouée. Rappelle-toi, Fabien et toi-même, vous m'avez donné la permission d'aller passer la fin de semaine chez ma nouvelle amie, Suzy.

Les yeux de Marilou se plissent. Elle arbore sa triste physionomie de sous-ministre. Je saisis aussitôt que mon Émilie a raison et que sa mère est déçue de ne pouvoir la contredire. «Youpi! que je jubile, en mon for intérieur. Je n'aurai pas à subir les affres de Marilou toute la fin de semaine.»

TOC! TOC! TOC!

– Surprise!

Nous tournons la tête vers la porte grande ouverte pour apercevoir un Pierre-Luc tout souriant.

– La porte d'entrée n'était pas fermée. Je me suis permis de monter, explique notre jeune voisin. Émilie, tu m'as demandé de venir faire ton devoir de maths...

– Euh... de m'aider? précise rapidement ma Douce, en jetant un regard réprobateur à son ami.

– Euh... oui, de t'aider, bien sûr!

Marilou ne semble pas vouloir commenter. «W-ouf! Émilie s'en tire bien...»

– Alors... se reprend Pierre-Luc, chose promise, chose due! Me voilà!

Et, se tournant vers Marilou, notre astucieux jeune voisin renchérit:

– Comme vous dites si bien, madame Meloche: pour vraiment s'amuser, mieux vaut avoir fait ses devoirs avant!

Mon Émilie retrouve le sourire. Rassuré, Pierre-Luc se décrispe et croit opportun de badiner pour détendre encore davantage l'atmosphère un peu lourde.

– Ça vous va bien, la chemise à carreaux, madame Meloche! Avec vos grosses lunettes de travail, ça vous donne un petit look moderne... C'est... c'est...

BANG!

La sous-ministre vient de nous quitter. «Ouf! elle a oublié le tigre du Bengale, le chat de ruelle et le *miniminet*!... Miaow!»

Moi, Galoche, je respire mieux.

Depuis que Pierre-Luc a aperçu la valise d'Émilie sur le lit, rien ne va plus!

Moi, Galoche, j'ai comme une grosse boule de poils au fond de ma gorge. J'ai peine à respirer. Émilie et Pierre-Luc se disputent juste sous mon museau. Une vraie bataille de mots et de cris.

J'aurais besoin d'un parapluie, misère à poil! À tour de rôle, chacun m'arrose de sa salive. Ils me font penser à Marilou et Fabien quand ils discutent à mon sujet...

– Pas question que je change d'idée! Je vais coucher chez Suzy!

– As-tu vu où elle demeure? Ce n'est pas...

– Je sais comme toi que sa maison n'est pas très, très belle. Mais...

– On dirait une maison hantée!

– T'exagères, Pierre-Luc!

Là-dessus, je dois convenir qu'Émilie n'a pas tout à fait tort... Lors de l'une de nos longues promenades de fin de semaine, elle m'a déjà montré où demeurait sa nouvelle amie. Bon, d'accord, au premier coup d'œil, avec ses échafaudages qui semblent retenir le mur, la maison paraît à l'abandon. Mais de là à dire qu'elle est hantée, il y a un peu d'exagération et beaucoup d'imagination ! Même qu'à bien y réfléchir, je soupçonne Pierre-Luc de surtout vouloir garder Émilie pour lui, cette fin de semaine...

– Ses parents sont en train de la rénover, fait remarquer ma Douce. Ça lui donne une allure un peu bizarre, c'est tout. Et puis, on peut être amies même si elle ne demeure pas dans un beau quartier comme le nôtre !

C'est ce que j'aime de mon Émilie : riche, pauvre, noir, blanc, jaune, bon en classe ou poche, elle traite tout le monde sur la même patte ; à part moi, Galoche, à qui elle accorde un petit traitement de faveur, bien sûr. Et ça, c'est correct...

– Oui, mais... c'est dangereux, Émilie, intervient de nouveau Pierre-Luc, avec un air grave.

– Voyons, Pierre-Luc, tu dis n'importe quoi ! La mère de Suzy est très gentille :

même Marilou l'a bien aimée quand elle a appelé pour m'inviter.

– Sa mère, peut-être... mais son frère, c'est un voyou de la pire espèce ! As-tu vu son anneau dans le nez et ses tatouages sur les deux bras ? Il fait partie d'un groupe de jeunes qui font des histoires partout.

– Pierre-Luc, tu es vieux jeu ! Puis trop peureux ! C'est juste des racontars...

– Je te jure, Émilie, c'est vrai...

– Que t'es peureux ?

– Émilie, arrête de te moquer ! T'es pas drôle du tout !

J'ai souvent vu nos deux tourtereaux se bécoter. Mais jamais je n'ai assisté à une telle prise de bec ! Les deux semblent bien décidés à *croiser le bec* jusqu'à ce que l'un ou l'autre tombe au champ de cette bataille. J'essaie alors d'apporter ma petite contribution avec l'espoir d'atténuer l'intensité du moment, en faisant remarquer ma présence. Je lance timidement:

– W-ouf!

– Toi, Galoche, mêle-toi pas de ça! s'écrient les deux pugilistes, simultanément.

Je reste gueule bée. J'ai bien peur de ne pas faire le poids dans cette petite *guéguerre*. Eux qui sont si gentils avec moi, habituellement! Ah, quand les humains sont en colère, ils deviennent un peu fous... comme Marilou!

– Émilie, je soupçonne même son frère de faire du taxage à l'école, renchérit Pierre-Luc.

– Je vais coucher dans la chambre de Suzy, pas dans celle de son frère!

Moi, Galoche, j'aimerais bien ajouter:

– Et puis, je serai là pour la protéger!

Pourtant, je dois l'avouer, les propos de Pierre-Luc commencent à m'effrayer un peu. «Un voleur et un voyou dans

la même journée, ça fait beaucoup!...»
que je me dis, en essuyant d'un coup de
patte les gouttes de salive qui pleuvent
à nouveau au-dessus de ma tête.

– Tête dure! lance Pierre-Luc.

– Tête de linotte! répond Émilie, du
tac au tac.

– OK, d'abord... pas question que je
fasse ton devoir de maths!

– Parfait! Je vais demander au beau
Arthur...

– Y est peut-être beau, mais y est
zéro en maths! de rétorquer Pierre-Luc,
la voix un peu chancelante.

– Mais son père enseigne les
mathématiques, riposte ma Douce. Et,
comme tu le sais, Arthur est bon dans
toutes les autres matières.

– Mais tu voulais que je te le fasse
tout de suite, non?...

Ah, les humains! Ils me découragent:
ils sont sublimes pour se faire des peurs

et de la peine. Jamais, entre chiens, nous ne sommes aussi méchants les uns envers les autres... sauf quand il y a un humain pas loin pour nous faire dévier de notre bonne nature canine, foi de Galoche!

À mon grand étonnement, je vois Pierre-Luc se diriger rapidement vers le bureau d'Émilie. Puis, sans dire un mot, il se plonge dans le livre d'exercices de mathématiques et fait tout le travail en moins de cinq minutes. Je le suis des yeux alors qu'il s'apprête à quitter, en silence.

– Merci, marmonne mon Émilie, sur un ton embarrassé.

Décidément, ma Douce tient beaucoup à passer cette fin de semaine chez sa nouvelle amie: jamais elle n'a vraiment demandé à Pierre-Luc de faire son devoir au complet. D'habitude, ils travaillent à deux...

– Fais tout de même attention à toi! balbutie gentiment Pierre-Luc avant de disparaître.

Si je n'étais pas un chien, je verserais une larme, misère à poil! Ah, les humains! Malgré tous leurs défauts, je ne parviens pas à ne pas les aimer. En fait, ils sont plus doués que ma race, je le reconnais, pour me faire vivre de très belles et surprenantes émotions...

– Bonjour, Mimi!

Le père d'Émilie fait son entrée dans la chambre, sans oublier de me faire une caresse au passage.

– Salut, *booon* chien!... Dis donc, ma chouette, qu'est-ce qui se passe avec Pierre-Luc? Je viens de le croiser; il n'avait pas l'air dans son assiette.

– Euh... rien. C'est... c'est pas grave! fait Émilie, qui se remet à faire sa valise.

– Ta mère non plus n'est pas au sommet de sa forme, ajoute Fabien.

Elle vient de se rappeler que tu t'en vas. Je crois que, finalement, il n'y aura que moi pour l'aider à faire son grand ménage...

Pauvre Fabien! Lorsqu'il y a du travail à faire dans la maison, Monsieur-je-sais-tout et la diva, le frère d'Émilie et sa grande sœur, ont toujours un bon prétexte pour s'esquiver. Et, comme Émilie et moi serons également absents, le père d'Émilie se retrouvera seul pour aider sa Marilou. Autant la sous-ministre est formidable pour corriger un rapport ministériel, autant elle est capable de décourager quiconque de travailler avec elle : «Frotte plus fort, pousse comme ceci, tiens ton pinceau comme ça...» Une pluie de conseils, un tonnerre de remontrances!

Quelle fin de semaine d'horreur pour Fabien!

– Mais j'ai un cadeau pour ta mère qui devrait lui faire retrouver sa bonne humeur, ce soir, intervient le père d'Émilie en esquissant un petit sourire. Au fait, Mimi, veux-tu que j'aille te reconduire chez ton amie?

Ma Douce informe Fabien que la mère de Suzy viendra la chercher en début de soirée. Quel n'est pas mon étonnement d'entendre Émilie confier à son père:

– Ça semble un peu ridicule, mais je me sens nerveuse: c'est la première fois que je couche chez des inconnus...

– C'est normal, Mimi! Ne t'inquiète pas! Marilou m'a dit que la mère de ton amie lui a paru très gentille. Tu sais, tu as ton cellulaire, tu peux nous appeler en tout temps... Et puis, tu as ton fidèle Galoche avec toi!

Oui! Et pas question de laisser le voyou de frère faire peur à mon Émilie! Ce ne sont pas deux petits tatous et un anneau dans le nez qui vont m'impressionner, misère à poil!

– Galoche ne m'accom-pagne pas...

«Quoi?» que je m'excla-me dans ma tête.

– Le grand frère de Suzy est allergique aux chiens, explique-t-elle.

«QUOI?... ALLERGIQUE AUX... Et moi, ne suis-je pas allergique à certains humains? Ça ne m'empêche pas de les côtoyer au quotidien.»

Je lance des regards suppliants vers Émilie, puis vers Fabien, en tentant de leur faire comprendre ma détresse de coucher seul, ce soir, sans ma Douce, pour l'une des rares fois de ma vie. Je saisis vite que mes efforts resteront vains.

« Mais qui va protéger Émilie et la sauver des monstruosités du frère de Suzy ? »

Pattes et griffes liées, moi, Galoche, je suis soudainement aussi paniqué que mon ami Pierre-Luc, un peu plus tôt...

Ma Douce nous a quittés depuis un bon moment.

Moi qui dors habituellement à pattes fermées, je ne peux m'endormir, couché par terre, au pied du lit d'Émilie. Jamais je n'aurais cru cette séparation aussi difficile. C'est comme s'il me manquait quelque chose de vital. Et je ne peux m'empêcher de m'inquiéter...

« Quel bébé je fais ! » que je songe, en me comparant aux enfants humains qui ont absolument besoin de leur toutou pour se calmer avant de dormir.

J'ai beau me sentir stupide, me voilà tout de même dans le corridor, les oreilles et les babines tombantes, en quête d'un gros nounours. Et qui d'autre que Fabien peut jouer ce rôle dans cette maison et m'apporter du réconfort ? Quand bien même ce ne serait que pour un bref moment, le temps de retrouver un peu de tranquillité...

J'arrive près de sa chambre, au rez-de-chaussée. La porte est entrouverte. Je m'arrête et réalise, à ma grande surprise – car il est bien tôt dans la soirée –, et à ma grande joie, que Fabien est assis sur son lit. Grâce à la lumière d'une lampe de chevet, je le vois jouer avec de petits rubans multicolores. Il ne semble trop savoir quoi faire avec. Il a l'air un peu dans la lune, la tête tournée vers la salle de bain. « Génial ! que je m'encourage. Marilou doit être en train de rédiger un autre rapport, comme elle le fait souvent jusque très tard le soir ! »

Je ne fais ni wouf ni waff et saute dans le lit conjugal, où je m'allonge aux côtés de mon bon ami.

– Euh... Galoche! Galoche... euh... au lieu du ménage, on...

Sûrement étonné par ma visite impromptue, Fabien semble très mal à l'aise. Les pupilles de ses yeux se promènent comme des mouches à feu. Je lui lance un regard dont le message est le suivant: «J'ai vraiment besoin de coucher ici, juste un petit moment, pour me détendre. Je serai aussi tranquille et discret qu'un toutou en peluche.»

– Galoche, tu dois vite t'en aller, OK?... Fais le *booon* chien, veux-tu?

Devant son embarras, je m'inquiète. «Que lui arrive-t-il?» J'ai le sentiment de ressembler à un monstre, à le voir me fixer ainsi avec des yeux terrifiés. Et soudain...

– Pitou, mon chou, fait la voix d'une personne encore invisible, tu as vraiment beaucoup de goût. Quel charmant cadeau, ce petit ensemble Christian de la Côte d'Or !

Horreur ! La « sexy » Marilou sort de la salle de bain adjacente à la chambre, en tenue légère. Les oreilles me battent de frayeur et viennent se plaquer devant mes yeux, comme les deux portes battantes d'un bar du Far West. Je voudrais me retrouver six pattes sous le matelas.

– AHHHHH ! hurle maintenant la sous-ministre, qui vient de m'apercevoir dans le lit et qui prend les deux premiers rapports ministériels qu'elle trouve sur la commode de sa chambre pour tenter de se cacher un tant soit peu. Que fais-tu là, vieille sacoche ? Tu as failli me faire mourir d'une crise cardiaque !

« C'est moi qui vais faire une crise cardiaque ! » que je m'effraie, le cœur battant comme tous les tambours d'une fanfare militaire à l'unisson. Bien entendu, je sais que les humains se font des mamours au lit: j'ai vu plein de scènes à la télévision. Ça ne prend pas la tête à Fido pour comprendre que c'est ainsi que les humains se reproduisent. Mais... mais jamais je n'avais imaginé que Marilou s'intéressait à la... la chose! Et qu'elle songerait encore à avoir des bébés...

– Marilou, intervient doucement Fabien, c'est juste un chien, comme tu me le répèt...

– Chien ou pas, il vient de me couper le sifflet!

– Euh... je crois que Galoche a de la peine parce que...

– DEHORS, ESPÈCE DE CHIEN CASSE-PIEDS! poursuit la mère d'Émilie, sans laisser Fabien continuer.

Moi, Galoche, je ne comprends pas ce qui m'arrive: au lieu de déguerpir comme une fusée, je me sens écrasé. Terrassé par la gêne. Comme si le matelas était devenu un carré de sables mouvants. Je ne parviens plus à bouger d'un poil. Catastrophe!

– Et tu oses me défier? m'interroge une Marilou toujours aussi mal à l'aise derrière ses énormes rapports dont elle se sert comme boucliers et qui ne cachent qu'une partie infime de ses sous-vêtements ornés de mille petits cœurs rouges tout brillants.

Malgré ma situation critique, je ne peux m'empêcher de songer à une réplique que j'aimerais bien lui faire: «Chère Marilou, ton costume est encore plus beau que celui de cette après-midi pour passer l'Halloween!»

Soudain, je me sens léger comme une plume. Le gros-grand-barbu de père d'Émilie vient de me soulever et s'adresse maintenant à sa déesse:

– Chut, chut! Calme-toi, mon cœur! Je m'en occupe tout de suite.

Il me transporte à l'extérieur et ajoute, en accompagnant ses mots d'un petit clin d'œil:

– Galoche ne voulait pas te faire peur. Détends-toi un peu. Je vais le reconduire dans la chambre d'Émilie. Je reviens tout de suite, mon pitou.

Quelques instants plus tard, Fabien me dépose sur le lit d'Émilie.

– Pour ce soir, Galoche, tu peux coucher ici: Marilou ne viendra pas t'embêter, ne t'en fais pas.

« J'espère... que je me dis, en me recroquevillant et en m'appuyant le dos sur l'oreiller, car je suis un chien mort, foi de Galoche! »

– Pas de danger, je t'assure! me récon-
forte-t-il à nouveau, en ajoutant: Maintenant, tu dois me montrer que tu es un
chien mature, capable de dormir seul.

Je jette un regard d'approbation vers
Fabien, qui me chuchote à l'oreille, en
me caressant le dessus de la tête tout
doucement, avant de quitter la chambre:

– Tu vois, il y a toujours deux côtés
à une médaille: tu n'as pas ton Émilie,
mais tu peux dormir dans son lit...
Bonne nuit, *booon* chien!

«À demain!» que je lui réponds d'un
clignement d'œil coquin.

Quel chien mature je suis!

BOEING 747, TRUFFE EN TROMPETTE ET SERPENTS À SONNETTE

Je quitte le lit d'Émilie et saute par terre. «Fini de jouer le chien mature!»

Depuis que Fabien est allé retrouver sa douce moitié, tous mes poils frissonnent d'angoisse.

SSSSNIF!

SNIFF!

Plus je pense à l'anneau dans le nez du grand frère de Suzy et à ses deux tatous sur les bras – j'imagine deux gros serpents à sonnette –, plus j'ai la conviction profonde que mon Émilie est en danger, et plus je respire à pleine truffe les souliers de tennis de mon Émilie. Car j'ai décidé d'aller la retrouver, là, tout de suite, même au péril de ma vie. Et, pour me rendre jusqu'à la maison de Suzy, où je n'ai été qu'une seule fois, je dois me fier à mon odorat exceptionnel.

SSSSNiF!

SNiFF!

Pour être bien certain de ne pas me tromper de chemin, rien de mieux que de respirer à fond ces fameuses chaussures de tennis de ma Douce.

SSSSNiF!

SNiFF!

«Ouachhh! Ça sent mauvais! que je me dis, en m'extirpant un moment le museau du soulier. J'arrête un instant, avant de perdre connaissance!»

Quelques «Snif!» plus tard, l'odeur bien ancrée au fond de mes narines, je quitte la maison sur la pointe des griffes. En deux coups de hanche, trois petites torsions du derrière, je sors par la miniporte du garage aménagée juste pour moi. Dans la cour arrière, la lune est si grosse et si claire que je me croirais en plein jour...

« Eurêka ! » Aussitôt sorti, mon museau est brusquement envahi par une odeur venue de loin : non, je ne me trompe pas, c'est la même que celle des souliers de mon Émilie ! En me félicitant, je fonce droit devant. Puis, je cours et je cours dans les rues, qui semblent toutes désertées par les humains. Aucune automobile ! Je n'y comprends rien. Mais je n'ai pas le temps de réfléchir.

En me laissant guider par cette odeur infime, que je dois absolument ne pas perdre du museau, je poursuis ma course avec l'énergie du désespoir.

Virage à gauche sur deux pattes, virage à droite sur trois...

SNIF! SNIF!

« Oui, oui, Galoche, ne regarde qu'en avant et continue ! L'odeur est toujours là. Bravo ! »

Encore cent mètres à pleines pattes, en droite ligne, au beau milieu d'un parc...

«Attention!... L'odeur s'amplifie!... L'objectif se rapproche! que je m'énerve, les oreilles et la queue au vent, ne cessant d'accélérer comme un Boeing 747 fin prêt à décoller. Un peu de courage! Un peu plus de vitesse! J'y suis presque!»

SSSSNiF!

SNiFF!

Je vole au-dessus d'une clôture, pique du museau et retombe dans une ruelle, pour enfin, comme une fusée, traverser un boulevard, sauter un trottoir, bondir en haut de six marches...

« Oui, oui, bravo, Galoche ! Ton flair légendaire te le confirme : tu n'es plus qu'à quelques poils du foyer d'où émane cette odeur d'Émilie ! Ne lâche... »

Je viens de frapper un mur... ou plutôt, une très grosse porte : celle de l'école d'Émilie ! « Ah non ! » que je me désespère, affaissé sur le perron.

Je réalise mon erreur. Dans mon emballement, je n'ai pas fait attention au trajet que j'ai parcouru et j'ai suivi l'odeur d'Émilie, qui venait de son école, au lieu de retracer celle qui m'aurait mené à la maison de son amie.

« Quel imbécile je suis ! J'aurais dû y penser : l'odeur la plus similaire à ses souliers de tennis, c'est bien sûr celle de ses vêtements de gymnastique qu'elle doit laisser traîner pêle-mêle dans sa case d'école ! Ah, misère à poil ! »

Mais il ne faut jamais me compter pour battu. Ça non ! Même si je peux parfois tomber au tapis, je me relève toujours : je suis un dur à cuire !

Aussi, me fiant cette fois à ma mémoire et à mon pif légendaire, je reprends vite ma recherche. Plusieurs rues plus loin et quelques milliers de « Snif ! » plus tard, la truffe enflée comme une trompette, je capte soudain une nouvelle odeur d'Émilie. «Cette fois, c'est la bonne! que je me félicite. Elle ne vient pas de la maison ni de l'école, mais bien de chez son amie.»

J'accélère ma course. Je débouche sur une nouvelle rue où j'aperçois enfin ce que j'espérais: une maison avec un échafaudage sur le côté, qui s'allonge jusqu'à l'arrière.

«C'est ici, j'ai réussi!» Fier de moi, je m'approche de la maison.

COUAC! COUAC! COUAC!

Je bondis d'effroi. Des dizaines de paires d'yeux jaunes malins s'illuminent d'un seul coup sur les tiges métalliques qui grimpent vers le toit. De grosses corneilles me fixent comme si j'étais leur prochaine proie. On dirait une brigade ailée qui assure la sécurité de la demeure. Quels cris horribles! Quels yeux méchants! J'ai soudain l'impression que cette maison est vraiment hantée, comme l'a laissé entendre Pierre-Luc plus tôt. J'ai le cœur en compote et le courage en gibelotte. Moi qui suis de nature plutôt peureuse, je l'avoue, je ferme les yeux sans arrêt quand je regarde les films d'horreur à la télé avec mon Émilie... Je me sens aussi mal en point devant ces immenses oiseaux qu'une barbotte au bout d'un hameçon. Pourtant, dans ma tête, l'image de la barbotte s'efface rapidement. Elle laisse place au visage horrifié de ma Douce, coincé entre les deux serpents des bras tatoués du frère de son amie. Je retrouve aussitôt mon courage et me dis: «Galoche, montre-leur de quel poil tu te chauffes!»

Et là... je pousse le plus puissant aboiement de toute ma vie:

– WRRRRRRAF!

Aucun de ces menaçants gardiens ne bouge la plus petite plume. Pas la moindre trace d'une inquiétude. À vrai dire, il n'y a que moi qui semble ébranlé par la puissance de mon propre jappement, qui m'a vraiment étonné, je dois dire. Je suis estomaqué… puis carrément chaviré en entendant soudain ces misérables corneilles se mettre à rire à gorge déployée.

– Hi, hi, hi! Hi, hi, hi! Hi, hi, hi!…

« On dirait de vieilles sorcières! que je m'effraie. Je deviens fou ou quoi? »

Persuadé que les têtes des corneilles viennent de se métamorphoser en têtes de vieilles sorcières, les pattes tremblotantes, je file à toute vitesse vers l'arrière de la maison.

Je tente de me rassurer: « Voyons, Galoche, reprends-toi! Reste calme! C'est dans ta tête que ça ne va pas: il n'y a pas de sorcières! Vite, identifie où se trouve la chambre de l'amie d'Émilie. Il est encore tôt dans la soirée: il doit y avoir de la lumière. Vérifie si tout est OK! »

Parvenu dans la cour arrière, je peux tranquillement observer la maison car aucune sorcière ni oiseau ne semble vouloir venir perturber mon exploration. Je me sens mieux. Mais je ne parviens pas à comprendre comment j'ai pu céder aussi facilement à cette panique...

«Moi, un chien si raisonnable, prendre des corneilles pour des sorcières, voyons donc!»

Tout à coup, par la seule fenêtre illuminée du premier étage, je vois des ombres qui bougent sur l'un des murs. La vitre est grande ouverte. Des rires de jeunes filles en jaillissent. Je reconnais ceux d'Émilie.

«W-ouf! Bon, cette maison fait peut-être un peu peur... mais pas besoin de grimper jusqu'à la fenêtre pour vérifier. Tout va parfaitement, j'en suis certain, maintenant: Émilie et son amie ont l'air de s'amuser. J'en ai le cœur net et je vais enfin pouvoir dormir. J'ai bien fait de venir.»

Rassuré, je me prépare à faire demi-tour quand j'aperçois quelqu'un à la fenêtre qui s'apprête à baisser la toile. Ce n'est ni Émilie ni son amie, mais bien un gros et grand garçon au visage très blanc, aux lèvres rouges, avec un anneau dans le nez et deux tatous sur les bras.

«Catastrophe! Le frère de Suzy est dans la chambre!» que je panique.

J'aperçois alors ce dernier qui se met à rire très fort et laisse apparaître... DEUX CROCS! «Sauve qui peut! Le frère de Suzy est un... VAMPIRE?!»

Moi, Galoche, je suis mort de peur, car j'ai toujours cru que les vampires n'existaient que dans les films et dans l'imagination des humains...

«Moi aussi, je suis capable de montrer mes crocs!»

Voilà ce que je me répète tandis que je grimpe à toute allure dans l'échafaudage. Peu importe que j'aie les pattes et la bedaine terriblement irritées à force de glisser entre les tiges métalliques et de me tortiller sur ces vieilles planches de bois, je continue de me hisser vers le premier étage à toute allure. Mes énergies n'en sont que doublées quand j'entends la voix d'Émilie crier:

– Non, non! Lâche-moi...

J'atteins enfin le palier près de la fenêtre. «Il n'y a plus une seconde à perdre! Ah, le misérable! Il a intérêt à ne pas faire mal à mon Émilie!»

En vitesse, j'appuie solidement mes deux pattes de derrière sur le plancher de l'échafaudage et me projette le plus vigoureusement possible vers la fenêtre. La tête la première, je fonce dans la toile qu'a baissée le vampire. Elle se décroche et me suit dans ma chute.

BOUM !

Horreur ! Alors que je me remets sur pattes, je vois le vampire sur le lit, tout près d'Émilie. Il m'a entendu et, juste avant de lui enfoncer les crocs dans le cou, il tourne sa tête et me regarde d'un air hargneux. Ses yeux sont rouge sang. Effrayants ! Je m'en fous : il vient d'abandonner ma Douce. Le voilà qui bondit hors du lit et se précipite vers moi. Émilie sort en trombe de la chambre. Elle est sauvée ! Quel bonheur !

– Rrrrrrr !

Des grognements félins se font entendre tout près de moi. Je lève les yeux…

– Aooouuuhhhhh !

Le visage de cet escogriffe de vampire et ses deux crocs répugnants ne sont plus qu'à quelques centimètres de mon cou! Et, pire encore, je vois apparaître deux têtes de serpents à sonnette qui se penchent vers moi. «Les deux tatous sur les bras du frère de Suzy, ce sont donc des serpents, comme je l'avais imaginé sans y croire vraiment...» Ce que mon imagination avait oublié, c'est que ces deux serpents ne sont pas tatoués... mais bien VIVANTS! Je crois mourir! Ils font aller leur sonnette à tout rompre tandis que...

– Aooouuuhhh! que je laisse échapper.

– Galoche, mon beau… fait soudainement une voix grave d'outre-tombe, que j'entends à peine alors que je sens deux crocs frôler mon cou dangereusement.

«Non, non! Je ne veux pas devenir un CHIEN-VAMPIRE!» que je crie, du plus profond de mes entrailles. J'ouvre un œil pendant que deux fortes mains poilues me secouent la tête comme une vieille vadrouille.

– Aooouuuhhh!

– Galoche, réveille-toi!… continue la voix grave, qui m'est familière.

«Mais qu'est-ce qui m'arrive? Où est le vampire? Les serpents? Où suis-je? Qui suis-je?»

– Arrête de nous casser les oreilles avec tes hurlements, espèce de vieille sacoche de malheur! On t'entend jusqu'en bas! C'est pas un chien que vous avez acheté, Fabien, c'est UN LOUP!

Cette fois, j'ai bien reconnu la voix de la mère d'Émilie. « Marilou ! Que fait-elle chez Suzy ? »

Avec beaucoup d'efforts, je réussis à me remettre sur quatre pattes. Je sors enfin des dernières brumes de mon cauchemar et j'aperçois la sous-ministre et son homme à tout faire près de moi, tous deux en robe de chambre.

– Pis toi, tête dure, me lance Marilou, veux-tu bien me dire ce que tu fais dans le lit d'Émilie ?! Je te l'ai pourtant dit mille fois...

En bon chien docile, je m'apprête à sauter par terre. Pas encore complètement remis de ma bataille avec le vampire, je chancelle sur le matelas moelleux et je déboule.

« Ouille ! Il n'y a pas que ma tête de dure... le plancher aussi, foi de Galoche ! »

– Tout doux, Marilou ! fait la voix de Fabien. Tout doux avec Galoche ! Le pauvre, il a fait un terrible cauchemar. Tu le vois bien : il est encore tout rigide, la truffe presque brûlante.

– FABIEN, OUVRE-TOI LES YEUX ! C'est lui qui nous fait faire des cauchemars à la queue leu leu ! L'un n'attend pas l'autre ! Quand vas-tu donc le comprendre et cesser de le protéger comme un bébé ?

Après m'être ébroué et réveillé pour de bon, je regarde Marilou quitter la chambre en proie à une grande colère.

– BANG ! hurle la porte, en frappant contre le mur.

– BOUM ! fait Carey Price, coincé entre la porte et le mur, son cadre venant de se décrocher.

– Marilou, attends ! crie alors le gros-grand-barbu de père d'Émilie qui ouvre la porte et me quitte à son tour pour aller calmer sa douce moitié.

Moi, Galoche, heureux d'être sorti indemne des crocs du frère de Suzy, des serpents à sonnette... et de la colère de Marilou, je laisse échapper un gros:

w-ouf!

BRAS TENDUS, CHIEN QUI PUE
ET FANTÔME PERDU

— Rrrrrron! Rrrrrron! Rrrrrron! Rrrrron!

Depuis un bon moment, je suis allongé au pied du lit d'Émilie. Malgré tous mes efforts, impossible de m'endormir et de devenir le chien mature que souhaite Fabien.

Je n'en reviens toujours pas de m'être laissé aussi facilement embarquer dans ce cauchemar tellement fou, avec ces boulevards déserts et cette facilité incroyable que j'avais à me diriger partout dans les rues grâce à mon flair...

– Rrrrrron ! Rrrrrron ! Rrrrrron ! Rrrrron !

Après avoir compté des humains jusqu'à 854 – juré, jappé ! – sans parvenir à fermer l'œil, je me suis mis à imiter Fabien et à ronfler comme lui, en me disant que ce terrible et monotone grognement de cochon réussirait peut-être mieux à m'envoyer au pays des rêves.

– Rrrrrron ! Rrrrrron ! Rrrrrron ! Rrrrron !

Et pourtant, non ! Après seulement cinq minutes de ronflements, me voilà avec la gorge sèche et le museau irrité… et l'œil plus que jamais grand ouvert.

En somme, mon cauchemar de tantôt n'a fait qu'accentuer mes craintes quant à la sécurité de ma Douce. Impossible de ne pas m'inquiéter pour elle. À ce moment de la soirée, elle doit se préparer à aller au lit, dans la chambre de son amie Suzy.

Soudain, je ressens la même envie d'aller voir ce qui se passe chez Suzy sur-le-champ pour me rassurer. Toutefois, j'avoue que les corneilles à tête de sorcière et ce vampire aux serpents à sonnette tatoués et vivants, qui m'ont tant fait peur, freinent encore un peu mes élans. Je me dis aussi que je ne suis pas certain de retrouver mon chemin… «Ah, si j'avais un complice pour m'accompa…»

Tout à coup, mes yeux se fixent sur la partie du corridor que me laisse apercevoir la porte ouverte. Une ombre vient de passer… «Non, j'ai la berlue! C'est pas vrai!»

Je cligne des yeux. Puis, je réalise que ce n'est pas mon imagination qui me joue un tour: Sébastien, de retour à la maison, passe de nouveau devant la porte, dans la direction inverse, avec… LES DEUX BRAS SOULEVÉS ET TENDUS VERS L'AVANT!

«Non mais ils sont tous malades, dans cette famille!» que je m'exaspère.

Depuis mon arrivée chez les Meloche, c'est la quatrième fois que je suis témoin de scènes complètement ridicules, que seuls des humains sont capables d'inventer! Émilie et Éloïse sont somnambules! Oui, oui! Le père de ma Douce m'a expliqué qu'il s'agit d'une sorte de maladie humaine, rare, mais pas du tout grave. Et j'ai aussi déjà vu des somnambules dans des films que j'ai regardés avec mon Émilie.

– Il ne faut juste pas laisser Émilie poser des gestes dangereux... tu comprends, Galoche? m'a confié Fabien, la première fois que ma Douce a été somnambule. Mieux vaut ne pas

la réveiller trop brusquement non plus:
ça pourrait la traumatiser.

« Ah, qu'ils sont compliqués, ces
humains!»

Ayant décelé mon désarroi, le père
d'Émilie a ajouté:

– Si cela se reproduit, Galoche, tu
viens simplement me chercher tout de
suite.

Ce que j'ai fait les deux autres fois,
l'une pour Éloïse et l'autre pour ma
Douce. Aucune situation alarmante ne
s'est présentée. Fabien et moi avons
seulement trouvé rigolo de les voir se
pavaner dans le corridor, en pyjama,
comme deux fantômes, et se laisser
reconduire dans leur lit tels deux
agneaux dociles.

Déjà sur la piste de Monsieur-je-
sais-tout, dans le corridor, je me dis:
« Mais elles n'avaient pas les bras
tendus... comme dans les films! Et il
me semble que Sébastien n'a jamais été

somnambule… Aille! Aille! Pas le temps de me poser des questions : Sébastien est tout près de l'escalier!»

Énervé, je fonce vers Sébastien. J'ai beau ne pas l'affectionner particulièrement, je me dois de le protéger comme tous les autres Meloche. Il s'agit d'un principe fondamental chez la race canine : «Fidélité à jamais à sa famille adoptive!» Et, en *booon* chien que je suis, pas question de déroger à ce grand principe qui, d'ailleurs, fait honneur à notre race.

Bon, d'accord, j'avoue que j'aurais bien une certaine hésitation à me jeter devant un autobus pour sauver la vie d'un ou deux membres de la famille Meloche… Mais qui me le reprocherait? Sûrement pas toi, qui sais de qui je parle…

«Ahhh non! que je m'énerve, en pleine course dans la pénombre du corridor. Trop tard!»

Je vois Sébastien descendre la première marche de l'escalier. D'une oreille, je me cache les yeux. Aucun «Boum!» ne se fait entendre. Je jette un coup d'œil dans l'escalier. Le coquin est rendu à sa troisième marche et semble en parfait contrôle de la situation. «W-ouf!» Je contiens mes émotions... pas longtemps!

En bas de l'escalier, j'aperçois notre somnambule prendre une direction imprévue. «Il s'en va dehors, misère à poil!»

Je suis mon instinct de chien fidèle jusqu'au bout des griffes et bondis dans les airs... Boum! Boum!... Bang! Bang! Bang!... Je me ramasse sur le palier, tout en bas, après avoir déboulé les marches une par une.

«Quelle mauvaise habitude j'ai prise! que je rumine, en me remuant les poils et en retrouvant mes esprits. Il faut que j'arrête de me casser la gueule de la sorte en descendant si je ne veux pas perdre la boule pour de vrai…»

J'entends la porte du vestibule s'ouvrir. Je crois que je vais m'évanouir…«Il est déjà à l'extérieur! Il va se faire écraser, kidnapper! Je vais devenir fou, moi!… Il faut avertir Fabien!»

Je fonce aussitôt vers la chambre des parents. Puis, je freine de toutes mes forces sur le plancher de bois franc.

«Pas question d'aller me jeter dans la gueule de Marilou, ça non! Elle va m'écorcher vif, foi de Galoche! Et Fabien ne pourra pas toujours me protéger…»

«Mais où est-il donc passé, ce Sébastien de malheur?» que je m'inquiète, sur le parterre, devant la maison. J'ai les yeux, les oreilles et la truffe en état d'alerte. Il ne doit pas arriver malheur à Monsieur-je-sais-tout : je ne me le pardonnerais jamais !... Les Meloche non plus !

FRRRRSSSHHHH !

Un bruissement venu de la cour arrière me redonne espoir : je cours vers le côté de la maison. « W-ouf ! Il est là ! Comme s'il m'attendait... Je l'ai échappé belle ! »

Je vois le haut du corps de Sébastien se profiler derrière notre clôture. Il longe la haie qui sépare notre cour de celle de Pierre-Luc, notre jeune voisin. Je m'élance vers l'arrière de la maison.

– PSSST ! PSSST !

Il me semble avoir entendu quelque chose derrière moi. Comme si quelqu'un tentait d'attirer mon attention. « Non, non, pas question de me laisser déconcentrer et de perdre la trace de Sébastien ! »

Je poursuis ma course. Un vrai bolide ! Pourtant, alors que je débouche dans notre cour... « Misère à poil ! C'est un somnambule ou un fantôme que je poursuis ?!» J'ai beau regarder partout, Monsieur-je-sais-tout a disparu, comme par enchantement.

Heureusement, avant que je panique vraiment, je revois soudain sa tête de coquin garnement qui semble jeter un coup d'œil vers moi... «Catastrophe ! Il se promène dans la cour arrière de Pierre-Luc ! Comment a-t-il fait pour se retrouver là ?»

L'instant d'après, je me prends pour un caniche royal et saute par-dessus la haie, presque aussi haute que Fabien. Tandis que j'amorce ma descente de l'autre côté des cèdres et que j'en suis encore à me féliciter de ma performance électrisante...PLOUCHHH !... je plonge la tête la première dans le bac de compost du père de Pierre-Luc, le ministre des Transports le plus «vert» de toute la Terre. «Ouache ! Mais comment se fait-il que le couvercle soit enlevé, misère à poil ?...»

Je tente de m'extraire de ce tas de matière vivante, glissante et grouillante de *bébites* rampantes. Tout dégoulinant et le moral à plat, je m'imagine en train de devenir un immense plant de tomates. De peine et de misère, je m'extirpe de cette bouillie pour les jardins. Enfin dégagé, je me secoue de toutes mes forces pour repousser ces mottes de terre humides et brunâtres qui restent collées à ma fourrure. Je jette aussitôt un coup d'œil autour, à la recherche de Sébastien. « Mais où est-ce qu'il est encore passé, cet énergumène ?! »

Je suis bien près de laisser échapper un jappement de colère quand je retrace enfin mon fatigant de somnambule. Ce dernier poursuit sereinement sa petite promenade nocturne. Il s'approche de la clôture de la piscine creusée de nos voisins. « Il ne va pas ouvrir la porte ?! Il pourrait se noyer ! »

Je me ressaisis tout de go et, oubliant mon allure de chien-siffleux à la fourrure brune et puante, je prends mon courage à quatre pattes et me précipite vers Sébastien, qui touche maintenant au grillage de la porte de la piscine. Et là… HINNNNNNNN!

Une alarme qui ne semble pas vouloir s'arrêter pousse un bruit strident dans la nuit.

Moi, Galoche, j'ai l'impression que mes tympans tremblent comme la lame d'une égoïne sur laquelle un violoneux joue un rigodon. J'ai les babines tremblotantes et la caboche crispée par la douleur.

POUF! Des lumières éclatantes surgissent dans le noir à quatre endroits différents dans la cour. Je freine d'un coup. Je dois même fermer les yeux tellement ces jets de lumière sont puissants. Ils m'aveuglent.

– Hi, hi, hi!...

Il me semble entendre des rires... Je tourne la tête pour éviter d'avoir les faisceaux de lumière directement dans les yeux et je réussis à les ouvrir un peu. Le bruit de sirène cesse... «W-ouf!»... et les énormes spots de lumière s'éteignent. Aussitôt, d'autres, beaucoup plus petits, s'illuminent sur la galerie.

C'est alors que je vois Sébastien passer en coup de vent tout près de moi.

– Hi, hi, hi! Pauvre petit Galoche! Je t'ai bien eu, pas vrai?... Ha, ha, ha!

Le faux somnambule disparaît. Ses rires me brisent le cœur: jamais je n'aurais cru un humain capable de jouer un tour aussi horrible à un chien... «Et moi, beau nono, qui voulais le protéger!... Grrrr!... Un jour, je vais le mordre, celui-là!... Grrr! Le dévorer! Le déchiqueter!» Foi de Galoche, jamais je n'ai ressenti autant de rancune pour un humain : même les pires atrocités de Marilou ne m'ont jamais affecté autant que cette mauvaise blague de Monsieur-je-sais-tout.

– Mais voyons, Galoche! Qu'est-ce qui t'arrive?...

Je me demande encore comment j'ai pu être aussi naïf... J'aperçois le père de Pierre-Luc penché au-dessus de moi.

– Aille, aille! Tu empestes comme c'est pas possible. Ma parole, tu as été jouer dans mon compost! Comment as-tu fait pour ouvrir le couvercle?...

Moi, Galoche, je me sens aussi coincé que je l'étais dans la cage de l'animalerie, de laquelle Émilie est venue me libérer quand j'étais chiot.

« C'est la faute à ce mécréant de Sébastien ! » que j'aimerais bien faire comprendre à Henri-Paul. Malheureusement, malgré sa grande empathie à mon égard, le père de Pierre-Luc ne peut pas encore lire dans mes yeux comme le fait ma douce Émilie. Et je ne suis pas au bout de mes peines, foi de Galoche !

– Quoi ?! Qu'est-ce que j'entends, Galoche ? tonitrue la voix de Marilou, dont je vois soudain le visage écarlate apparaître de l'autre côté de la haie, comme une épouvantable poupée dans un théâtre de marionnettes. En pleine nuit, tu t'amuses comme un bébé dans le compost de notre bon ami Henri-Paul et tu fais partir son alarme ? T'ES RENDU FOU OU QUOI ?! Tu trouves pas que tu as fait assez de bêtises, aujourd'hui ?

– Marilou, du calme ! intervient Fabien, dont le visage jaillit à son tour derrière les cèdres. Et puis, parle moins fort, mon pitou ! Les voisins vont...

– Qu'est-ce qui se passe? lance aussitôt la voix d'un voisin, caché par les arbres et les clôtures.

– Un voleur? s'inquiète une autre voix, plus lointaine.

– Vous voulez qu'on appelle le 911?...

– Tout est OK! s'empresse de crier le père de Pierre-Luc à son entourage. Vous pouvez tous retourner à vos occupations. Le système s'est déclenché tout seul. Toutes mes excuses! Bonne fin de soirée!

«W-ouf! Quelle chance j'ai de m'en tirer aussi bien! Je le dois à la gentillesse du père de Pierre-Luc.»

Quelques instants plus tard, ce dernier renvoie Marilou et Fabien à leur chambre à coucher.

– Je passe votre Galoche sous le boyau d'arrosage et il rentre tout de suite. Retournez chez vous! Je m'en occupe! Ce n'est rien de grave, oubliez tout cela! insiste-t-il.

– Galoche ne pouvait pas savoir qu'il déclencherait l'alarme en s'approchant de la piscine, mon chou, explique alors Fabien à Marilou, en quittant l'endroit. C'est pas sa faute!

– Mais Fabien, dis-moi... rétorque la sous-ministre, qu'est-ce que cette vieille sacoche de Galoche avait besoin d'aller fouiner dans la cour de nos voisins, à 10 heures le soir?

– Tout doux, Marilou! Calme-toi! renchérit Fabien, en passant son bras autour du cou de sa douce et très énervée moitié. Viens, viens, on va parler de tout cela à la maison...

Ils disparaissent derrière la haie.

Moi, Galoche, je suis contraint de prendre une bonne douche; de quoi perdre mes allures de vieux siffleux tout boueux pour reprendre ma fière allure de Galipinois[1].

---

1. Merci à Roxanne Turcotte d'avoir trouvé le nom de ma vraie race, les Galipinois; ni mon auteur ni mon illustrateur ne le savaient vraiment...

– Bon, Galoche, assez de folies pour ce soir! me recommande vivement Henri-Paul. Marilou était rouge comme une tomate! Si tu ne veux pas la faire mourir de haute pression, rentre chez toi sans bruit et dors une bonne nuit, sans ronfler ni te promener dans la maison... Tu m'as bien compris ?

«Et comment!» que je lui réponds d'un regard, dont il semble saisir la signification, cette fois.

Le cœur léger, ayant presque oublié mes angoisses à propos de mon Émilie, je retourne à la maison en contournant la haie quand...

– PSSST!!!

MAISON HANTÉE, CYCLOPE ASSOMMÉ ET MARILOU DÉCHAÎNÉE

Quelle n'est pas ma surprise de voir Pierre-Luc surgir de derrière un des arbustes sur le côté de sa maison et me confier qu'il a assisté à toute cette scène du faux somnambule!

– Quand j'ai vu Sébas ouvrir la boîte de compost dans notre cour, je me demandais bien ce qu'il faisait là! Un moment, j'ai cru qu'il était vraiment somnambule. Après, j'ai compris ce qu'il mijotait... Ah, Galoche, je te promets qu'un jour je vais lui jouer un tour qu'il n'oubliera pas de sitôt ! Et tu seras mon complice, compte sur moi !

Les bons mots de notre jeune voisin produisent sur moi un effet de réconfort comparable à celui d'un biscuit après un coup dur.

– Galoche, j'ai même failli lui donner une jambette : il est passé tout près de moi alors qu'il filait se cacher à la maison. Mais j'avais autre chose de beaucoup plus important à faire...

Pierre-Luc me met dans le secret des dieux à deux pattes.

– Depuis le début de la soirée, je ne parviens pas à lire ni à jouer à quoi que ce soit ! Encore moins à aller me coucher ! Je n'ai en tête que mon Émilie. Et je m'imagine qu'il lui arrive plein de choses horribles...

Qui mieux que moi, Galoche, peut le comprendre ?...

– ... surtout à cause du voyou de grand frère de Suzy.

Oui, oui, le vampire! Ah! que je comprends mon ami Pierre-Luc! Décidément, lui et moi, nous aimons beaucoup Émilie, je crois.

– Je venais tout juste de décider d'aller chez Suzy pour tenter de me rassurer, poursuit-il, quand j'ai entendu du bruit dans la cour et me suis caché.

Après ses explications, Pierre-Luc me demande:

– Que dirais-tu de venir avec moi chez Suzy? Ça me rassurerait qu'on y aille à deux.

Et voilà pourquoi, en ce moment même, nous nous apprêtons à traverser ensemble un premier boulevard. Le temps est toujours aussi chaud et humide. Le vent se lève alors que la lune disparaît complètement derrière les nuages. Il n'y a que l'éclat des lumières jaunâtres du boulevard qui nous éclaire. Et soudain...

POUT! POUT!

Deux coups de klaxon et deux énormes yeux en feu me font bloquer les deux pattes d'en avant et me sortent de mes pensées. D'un coup, je me transforme en chien de plâtre.

– Attention, Ga...

VRRROUM!

– ... loche!

W-ouf! Une automobile vient de me passer sous le museau. J'en ai encore le toupet transformé en cornette et les battements de mon cœur sonnent comme des coups de trompette.

Sur le bord du trottoir, traumatisé après avoir failli y laisser ma fourrure, je me dis: «Galoche, réveille! Ce n'est que dans les cauchemars, comme le tien tantôt, que les rues sont désertes à cette heure-ci... Ouvre l'œil, et sors donc définitivement de ta tête ces images de vampire et de serpents à sonnette... sinon tu vas te faire écraser comme une vieille chaussette.»

– Ça va, Galoche? me demande Pierre-Luc, lui aussi toujours sous le choc.

«Sur des roulettes!» que je lui réponds, d'un regard vif qui semble le surprendre, mais aussi le calmer.

Après Émilie et Fabien, Pierre-Luc est sûrement la troisième personne avec qui je réussis le mieux à communiquer. D'ailleurs, j'ai souvent entendu les humains dire que le chien est le meilleur ami de l'homme. Ce qui est vrai, mais seulement quand l'humain parle vraiment à son chien comme à son ami… Nous sommes gentils, nous, de la race canine, mais pas fous, tout de même !

– Bon, on continue, Galoche ! Mais je t'en prie : fais attention ! Je ne veux pas te perdre. Je t'aime bien, moi aussi, tu sais… me confie mon ami Pierre-Luc, qui ajoute d'une voix un peu tremblotante : Et puis, Émilie ne me pardonnerait jamais de t'avoir entraîné dans cette histoire s'il t'arrivait malheur.

Je pourrais difficilement refuser quoi que ce soit à Pierre-Luc, un garçon sensible et formidable, foi de Galoche !

Après avoir traversé deux boulevards, trois rues, un parc et deux ruelles…

– C'est ici ! me dit Pierre-Luc d'une voix retenue.

Je le vois se mettre à quatre pattes devant moi. Ce dernier ajoute:

– Mieux vaut être trop prudent que pas assez: marchons à quatre pattes pour ne pas être repérés!

«Euh... comment puis-je faire autrement?» En temps normal, une telle réplique m'aurait amusé, mais pas en ce moment: moi, Galoche, je suis ébranlé. En suivant mon ami vers l'arrière de la maison, je viens d'apercevoir l'échafaudage qui longe tout le mur du côté de la maison de Suzy.

«Ah, misère à poil! C'est exactement comme dans mon cauchemar...» que je songe, effrayé, en accélérant la cadence.

– Aïe!...

Je viens de foncer dans Pierre-Luc, qui se retourne.

– Fais attention, Galoche... murmure-t-il d'une voix étouffée.

Après avoir posé son regard sur moi, il me demande, inquiet:

– Voyons, Galoche ! Qu'est-ce que tu as ?...

Nous venons de déboucher dans la cour.

« Ah, misère à poil ! que je me répète, les yeux fixés sur l'arrière de la maison. Que c'est lugubre ! »

Bon, d'accord, je ne vois aucune corneille à tête de sorcière sur l'échafaudage, mais c'est peut-être pire : j'entends leurs cris, qui proviennent du petit boisé derrière nous. Sans oublier le vent qui s'est mis de la partie avec ces sifflements qui m'écorchent les oreilles et ne font qu'accroître mon angoisse. De plus, la maison est enveloppée d'un épais brouillard. À l'arrière, plusieurs pièces sont éclairées. Il en jaillit des faisceaux qui arrivent difficilement à percer cet immense nuage de filaments laiteux, qui flotte dans les airs. Avec cette demeure un peu délabrée et cette atmosphère mystérieuse, intrigante, qui ne me rassure pas du tout, j'ai la nette impression de me retrouver devant une vraie maison hantée...

Une main me frôle la tête. «Un fantôme!» que je songe, en bondissant dans les airs.

– Du calme, Galoche! Du calme! fait aussitôt Pierre-Luc, retirant sa main, qui me cherchait. Faut pas attirer l'attention, mon beau. Écoute bien: à mon signal, on se rend à toute vitesse sous l'échafaudage, à l'endroit où il y a une fenêtre avec un petit poisson suspendu. Ce doit être la chambre de Suzy!... Faut absolument aller voir si Émilie y est et si tout se passe bien... Compris?

Je tente de me changer les idées en m'amusant: «Cinq wouf sur cinq!» Mais rien à faire: je continue de me sentir aussi coincé que Marilou dans son carcan Christian de la Côte d'Or et aussi sonné que cette dernière quand elle m'a aperçu dans son lit. Et, comme si je n'étais pas assez sur les nerfs, à deux museaux et demi derrière moi, s'élève un horrible...

– MIAOWWW!

Je bondis dans les airs. Mon ami Pierre-Luc en fait autant.

Catastrophé, je retombe sur mes pattes et me trouve truffe à truffe avec un tigre – et j'exagère à peine! Je n'ai jamais vu une tête de félin aussi grosse, aussi sauvage, aussi impressionnante que celle de cet énorme chat roux... À ses côtés, même Victor, le gros chat de l'oncle Ricardo, aurait l'air d'une adorable peluche pour bébé, misère à poil!

– MMMIAOWWW!

Ce deuxième et terrible « Miaow ! » est mille fois plus efficace que le « Go ! » que s'apprêtait à lancer Pierre-Luc : je me transforme en lévrier et me retrouve sous l'échafaudage en un temps record.

– Ouf ! qu'il m'a fait peur, ce chat de malheur ! admet mon ami, qui me rejoint, le visage encore tout blême.

Avant que je ne puisse reprendre vraiment mes esprits, me voilà dans les mains de Pierre-Luc. Ce dernier me balance aussitôt sur la première planche de l'échafaudage au-dessus de nous… «Ouille!»… sur laquelle je m'écrase, les pattes allongées aux quatre points cardinaux, complètement déboussolé, il va sans dire.

– Va vite regarder dans la fenêtre où il y a le poisson orange suspendu! m'ordonne mon ami Pierre-Luc. Et sois discret!

«Discret, discret…» que je maugrée. J'ai peine à avancer jusque sous le rebord de la fenêtre au poisson. Facile à dire, de rester discret, mais moins facile à réaliser quand on doit jeter un coup d'œil à une fenêtre, avec de larges oreilles, un gros museau et des yeux éclatants comme les miens…

Je fais appel à mes dernières énergies et me voilà déjà en train de me soulever, bien appuyé sur mes deux pattes arrière. Silencieux, comme si j'avais fait le métier d'espion toute ma vie, je laisse glisser ma bedaine rose le long de la planche… «Aille!» Une écharde s'insère dans ma peau, là où elle est le plus sensible. «Aille! Aille!» J'ai l'impression d'être attaqué par une nuée d'abeilles. Pourtant, malgré les douleurs, aussi vaillant qu'une reine, je dépose enfin mes deux pattes de devant sur le rebord de la fenêtre. Je prends une grande inspiration et... «Ah non! Pas encore lui!»... je tente vite d'effacer de ma pensée l'image d'un certain vampire qui veut refaire surface.

– AHHH...!

«Émilie!» Je me soulève d'un coup et je plaque mon museau dans la fenêtre, sans penser à rien d'autre qu'à ce cri de ma Douce.

– Qu'est-ce qui se passe? s'énerve Pierre-Luc, au pied de l'échafaudage.

– LÂCHE-MOI! LÂCHE-MOI! AHHHHH! continue de hurler d'horreur mon Émilie, que j'ai à peine le temps de voir, pliée en deux dans un lit, les yeux fermés...

BOUM!... Durement secoué par cette vision d'horreur, je tombe à la renverse. Je me frappe le dos sur le bord de la planche et je dégringole. Fort heureusement, je me retrouve dans les bras de Pierre-Luc, dans un état piteux. Nous sommes complètement désemparés.

– Galoche? J'ai entendu des cris... C'est Émilie? Après qui crie-t-elle comme ça?

Nos regards se croisent.

«Je n'ai pas pu voir! Mais Émilie est en danger, c'est certain!» Dans mon regard, Pierre-Luc saisit l'essentiel de mon message et fait aussitôt une grimace.

– Misère, je n'ai pas mon cellulaire pour avertir mon père!...

«Ah! ces jeunes, ils ont toujours leur cellulaire à l'oreille pour se dire des banalités et quand c'est important, ils ne l'ont pas avec eux...»

– Écoute, Galoche, il faut avertir Fabien! dit mon complice, tout énervé. Tu cours plus vite que moi, alors pars devant! De mon côté, je vais tenter de trouver un téléphone public pour communiquer avec mon père.

Hébété, je regarde Pierre-Luc au fond des yeux.

– Qu'est-ce que tu attends? s'impatiente mon ami. Cours, Galoche! Cours!

« Pas question de perdre une seconde! que je me dis. Ni de douter de mes capacités!»

L'instant d'après, moi, Galoche, les oreilles et la queue à l'horizontale, je cours à l'*emporte-poils* en direction de la maison. Je me répète sans arrêt: «Vite, Galoche, il en va peut-être de la vie d'Émilie!» Et de la mienne, aussi: sans ma Douce, je ne survivrai pas, foi de Galoche!...

Le Boeing 747 et la fusée sont de retour… mais, cette fois, dans la réalité !

Je suis fier : jamais je n'ai vu défiler les arbres, les lampadaires, les maisons aussi rapidement, misère à poil ! On dirait des bobines de film qui se déroulent de chaque côté. J'ai la langue à terre, mais pas question de ralentir mon rythme malgré les nuages de brouillard qui vont et viennent au gré du vent, devant moi. Au contraire ! Depuis mon départ, chaque fois que me reviennent à l'esprit les cris de mon Émilie, «Lâche-moi ! Lâche-moi !», c'est comme si des ailes me poussaient dans le dos et me permettaient de voler encore plus vite au secours de ma Douce.

«J'espère qu'il n'est pas trop tard !»

Jamais je ne me suis senti aussi mal. «Tout va s'arranger ! Galoche, tu dois rester positif. Ne pas laisser le stress te gagner… surtout que tu n'as pas le choix d'offrir la meilleure performance !»

Sur deux pattes, je tourne le coin de la rue aux petites maisons unifamiliales et fonce droit vers le parc. «Après le parc, plus qu'une ruelle et un boulevard à traverser avant d'atteindre la rue des Meloche!» que je m'encourage.

Je saute la première rangée de bosquets et me dirige *plein museau* sur le petit chemin, droit vers le terrain de soccer. J'ai la sensation de galoper comme les chevaux dans les vieux films qu'écoute souvent Fabien à la télévision. «Heureusement que je ne suis pas poursuivi par un gros type avec des fusils et un chapeau sur le dos...» Je commence pourtant à m'inquiéter: depuis que mes coussinets ont touché le sentier asphalté, je ressens des élancements dessous, comme si de fines aiguilles en jaillissaient. Jamais je n'ai eu de telles douleurs. Aussi, je délaisse le sentier et poursuis ma course folle dans le gazon. «W-ouf! C'est plus moelleux!» Et la fraîcheur du sol me réconforte également. Je me sens ravigoté. Pour le moment, du moins, car je sais fort bien qu'il me reste un bon bout de chemin à faire sur l'asphalte. «Pas grave, je vais y arriver! Même si je dois y laisser mes coussinets...»

D'ailleurs, c'est bien connu, nous, les chiens, nous sommes beaucoup plus résistants à la douleur que les humains, qui jouent les martyrs au moindre petit bobo.

Soudain, un bruit étrange fait vibrer mes tympans. Peu à peu, je me sens enveloppé par une étrange lumière, plus vive que le brouillard, qui provient de l'arrière et qui se profile jusque loin devant. Je m'assure qu'aucun obstacle n'est face à moi et, sans ralentir, je tourne la tête. «Catastrophe! Qu'est-ce que c'est que ce monstre à un œil flamboyant qui semble me pourchasser?»

Je décide de bifurquer à droite, vers le grand terrain de baseball. Je panique: «Misère à poil! Cet énergumène me poursuit vraiment!» J'ai l'étrange impression d'être poursuivi par un cyclope, avec ce feu unique éblouissant qui m'a pris en chasse. Bien entendu, j'ai compris qu'il s'agit d'une motocyclette. «Mais qui peut bien s'amuser à chasser un pauvre chien comme moi, à cette heure-ci?... C'est sûrement un fou, un débile, un maniaque!»

Sachant qu'avec certains humains, on peut s'attendre aux pires atrocités – comme s'amuser à écraser un chien ou encore faire du mal à une pauvre jeune fille aussi extraordinaire que ma douce Émilie –, je ne peux prendre aucun risque. «Agis vite, Galoche! Le monstre sur deux roues va te rattraper, c'est certain!»

«IVG!» Incroyable! Ce fameux cri de désespoir s'avère encore magique car une idée géniale éclaire aussitôt mon esprit. «Pourquoi n'y ai-je pas pensé plus tôt?!»

Sans diminuer ma vitesse, je dévie de ma trajectoire et fais une grande demi-lune. Je traverse ensuite le jeu de pétanque et, plusieurs *empattées* plus loin, je m'engouffre dans le tunnel pour piétons, que j'ai déjà emprunté avec Émilie et qui nous permet de traverser le boulevard.

Je me félicite, en grimpant les marches pour ressortir: «Génial! Le maniaque va devoir traverser le boulevard et sera sûrement stoppé par les automobiles qui y passent.»

Je jette un coup d'œil vers le parc. Aucun œil illuminé à l'horizon! «W-ouf! Il a dû rebrouss...»

GRRROAR! GRROAR! VRRROUMMM! VRRROUMMM!

Horreur! Le mauvais œil surgit du trou du tunnel. Incroyable! La motocyclette gravit les marches comme si de rien n'était.

«Un vrai malade!» que je me dis, en me précipitant dans la première ruelle, tout près de moi. J'espère qu'il ne m'a pas vu!»

Catastrophe! Je freine brusquement. Mes coussinets sont en feu. La ruelle n'est en fait qu'un couloir sans issue, donnant sur des cours et des garages de divers appartements, bien aménagés. Avant que je décide de rebrousser chemin, un gros œil brillant m'aveugle et me bloque déjà la sortie.

«Il m'a vu!... Je suis fait... comme un chat!» que je me désole.

VROUMMM! VROUMMM!...

Dans ma tête, les cris d'Émilie viennent tout à coup enterrer les bruits de moteur.

– Au secours!... Lâche-moi! Lâche-moi!

«Je dois me sortir du pétrin et aller avertir Fabien, coûte que coûte!»

Je recule jusqu'au fond du couloir. Je suis acculé à un mur de garage, envahi par des plantes grimpantes. Je suis de plus en plus agressé par ce puissant cercle lumineux, qui me fixe et se rapproche.

VROUMMM!

Alors que j'étudie la possibilité de foncer du côté opposé dès que le motocycliste placera un pied par terre, une autre solution s'offre soudain à moi. Je viens de réaliser que je pourrais aisément atteindre le haut du petit hangar, à ma droite. Il a été transformé en une terrasse où je viens de voir de jolis pots de fleurs...

Le moteur du cyclope sur deux roues s'arrête. Mais son phare reste allumé.

Moi, Galoche, j'ai la gorge aussi nouée que mon foulard à mon cou. Je sens chacun de mes os trembloter. Je continue de m'accrocher à mon dernier et fol espoir. Je parviens à peine à voir devant moi. Les yeux presque fermés, je décèle pourtant quelques gestes du motard, qui vient d'enlever son casque...

« C'est le moment que j'attendais !... que je me dis, en pigeant tout au fond de mes dernières réserves de courage. GO ! »

D'un bond, j'atterris sur le couvercle de l'énorme poubelle ; d'un autre, je me retrouve sur le toit du hangar ; deux *empattées* sur la terrasse, éclairée par la lumière des fenêtres environnantes, et me voilà en train de pousser du bout du museau un des jolis pots de fleurs en grès que j'ai aperçus à la dernière seconde. Tel que planifié dans ma brillante cervelle, le pot tombe droit vers le coco du...

– AILLE!

«Ahhh non!» que je crie en moi-même, effrayé par ce que je viens de constater. Le museau entre deux barreaux de la terrasse, je réalise que le fou du cyclope sur deux roues n'est nul autre qu'un... policier!!!

Et par surcroît, je comprends également la faiblesse de mon plan: aucun de ces petits pots de fleurs ne peut vraiment assommer un tel mastodonte. Lui faire une belle prune, oui! Et le mettre encore davantage de mauvaise humeur, oh que oui!

– Toi, mon sacripant, lance l'agent de police, en bas...attends que je t'attrape!

«W-ouf! que je m'affole. Je vais m'en mordre les griffes longtemps, foi de Galoche!»

Quelques minutes plus tard, le policier m'a attaché derrière sa moto, m'a trimbalé sur la route jusqu'au poste de police pour finalement me laisser tomber... BOUM!... sur le plancher d'un sombre placard de son bureau, comme un sac de patates.

– Reste tranquille, Galoche!

Jamais je n'aurais cru vivre pareil cauchemar: moi, un si *booon* chien, me retrouver au poste de police, en prison... Quelle humiliation!

Mais plus que tout, ma préoccupation première est Émilie. Quelle douleur à la pensée qu'en ce moment elle est peut-être kidnappée, prise dans les griffes du voyou de frère de son amie Suzy ou je ne sais trop... J'ai raté ma mission !

On va sûrement me laisser paître toute la nuit entre ces quatre murs jaune pipi. Un vrai débarras. Depuis un bon moment, je ne cesse de m'imaginer les pires traitements faits à ma Douce. « Galoche, du calme ! »

J'essaie tout de même de tempérer les ardeurs de ma folle imagination pour plutôt songer à des solutions. « Peut-être que Pierre-Luc a réussi à rejoindre son père... » Découragé, je ne vois aucune autre solution à l'horizon. « Ah, s'il m'avait écouté, ce policier de malheur ! »

Après avoir reçu le pot de fleurs sur la tête, ce dernier a rapidement procédé à mon arrestation. En fait, je me suis complètement dégonflé, je dois le reconnaître. Comme si j'étais à court d'énergie à la suite de tous mes efforts incroyables pour alerter Fabien. Sans la moindre résistance, j'ai embarqué dans son jeu. Il a adopté une stratégie bien connue : être gentil, et tout et tout, jusqu'à ce qu'on tombe dans ses pattes. J'ai donc écouté chacun de ses ordres.

– Viens ici, mon vieux. Descends de là. T'as pas à avoir peur, je te l'assure…

Le policier a grimpé sur le couvercle de la poubelle. Il m'invitait à le rejoindre. Convaincu que moi, un chien, je ne pouvais comprendre autre chose que la gentillesse du ton qu'il adoptait pour me parler et me rassurer, il a ajouté, cette fois pour lui-même :

– Tu vas quand même payer pour la bosse que tu m'as faite, mon sacripant !

Après quoi, il a repris son humeur de booon policier à mon endroit alors que je me glissais lentement sur le plancher de la terrasse, en me rapprochant de ses mains gantées, tendues vers moi.

Naïf, et encore trop optimiste à l'égard du genre humain, j'ai cru un moment que je pourrais peut-être lui faire passer mon message : « Mon Émilie est en danger. C'est pourquoi je courais comme un fou dans le parc. Je ne pouvais pas deviner que vous étiez un policier. Oubliez votre bosse et suivez-moi ! Il faut la sauver ! » J'ai jappé : « Waff ! » en lui lançant un long regard expressif, sollicitant sa compassion et sa compréhension.

Mais, comme je l'ai déjà expliqué, ce genre de communication entre chien et humain peut se faire uniquement quand les deux se considèrent comme de vrais amis... Or, après l'histoire du pot de fleurs, je ne sentais aucune volonté véritable de sa part de se lier d'amitié avec moi. Je flairais plutôt de la rancune, malgré ses efforts pour me faire croire le contraire.

J'étais maintenant à sa portée. Il m'a accroché par la peau du cou.

– T'as besoin de filer doux, mon beau! Sinon...

Je me suis laissé faire comme un vieux toutou de peluche fatigué.

Et là, affalé dans le placard, je laisse le désespoir me gagner avec encore plus d'intensité, à chaque minute qui passe.

Toutefois, et à mon grand étonnement, une petite lueur d'espoir commence à poindre à l'horizon, au plus profond de mon esprit. «Rrrrr!» Encore trop lointaine et confuse, je ne parviens pas à mettre la griffe dessus. «Rrrrr! Mais de quoi s'agit-il?»... Et, soudain, une question surgit dans ma tête de façon inattendue mais bienvenue: **«Comment sait-il mon nom?»**

Anxieux, me voilà debout sur mes quatre pattes en train de me répéter : «Galoche! Galoche! Galoche!... Oui, le policier a bien dit Galoche, tantôt?!... Mais comment sait-il mon nom, lui?»

La fourrure retroussée comme lorsque sonne le réveil d'Émilie, chaque matin, je reprends soudain espoir.

«Mais oui, idiot! J'aurais dû y penser plus tôt : il a pris ma médaille, sous mon foulard. Et s'il a pris ma médaille, il a le numéro de téléphone des Meloche. Il va sûrement appeler à la maison. Et, connaissant bien Fabien, il va venir me libérer dès que le policier va le joindre.»

Mais une autre question cruciale s'impose à moi : **«Mon policier va-t-il appeler immédiatement ou attendre à...»**

Tout à coup, la porte du débarras s'ouvre avec fracas.

– Tu as de la belle visite!... m'annonce l'agent, qui arbore un large sourire.

«Fabien!... que je me dis, le cœur palpitant. Enfin! Il va comprendre et me suivre: il est peut-être encore temps de sauver Émilie!»

– Viens, toutou!... s'amuse mon hôte, qui me prend gentiment dans ses bras et me sort de ma cellule. Toi, je crois que tu n'es pas sorti du bois!

Je suis étonné par la gentillesse du policier et aussi, dois-je dire, par ses dernières paroles. Toutefois, ma joie de retrouver le père d'Émilie est trop forte pour m'attarder à ce petit détail insignifiant.

Après quelques pas dans un corridor, nous pénétrons dans une salle, près d'un comptoir d'accueil. Cette fois, mon cœur explose en mille miettes en entendant:

– Ah, ma vieille sacoche, je ne sais vraiment plus ce que je vais faire avec toi! hurle Marilou, déchaînée, ayant retrouvé ses allures de sous-ministre.

Tu le fais exprès, hein? Tu veux me faire mourir?!...

Le sourire du policier s'élargit. Moi, Galoche, j'ai peine à respirer. J'ai le sentiment d'avoir le cœur serré dans une trappe à souris. «Mais où est Fabien? que je me désole, atterré, sachant fort bien que pas plus Marilou que le policier ne pourront comprendre mon message et me suivre pour libérer Émilie.

Nous traversons dans une plus grande salle. Anéanti, je me mets à pleurer et à hurler du plus profond de mes entrailles: «Émilie? Émilie? Émilie?»

– Salut, Galoche! fait aussitôt une voix derrière moi.

Une voix que je reconnaîtrais entre toutes! «Émilie?»

Je me retourne.

«Un fantôme! Je deviens fou, misère à...»

Frappé par trop d'émotions fortes en si peu de temps, moi, Galoche, je vois surgir une étoile au-dessus de ma tête. Puis deux, trois, quatre et... pouf!... je sombre dans le noir.

DOUX PLAISIR ET LE RETOUR DE JACK LE VAMPIRE

«Où... où... où suis-je?» que je m'énerve, en soulevant la tête.

– Tout doux, mon beau. Tout doux! Je suis là.

W-ouf! Je reconnais la voix de mon Émilie.

– Tu es dans mon lit. Il n'y a plus aucun danger.

«Dans le lit de...» Double w-ouf! Quel soulagement de ne plus être au poste de police!

Je me détends un peu, bien que je ne saisisse pas encore tout à fait ce qui m'est arrivé.

– Galoche, je crois que tu as été très ébranlé quand tu m'as vue, tantôt, au poste de police, en robe de chambre, pas vrai ?

Il y avait de quoi !

Ma Douce m'apprend alors que j'ai perdu connaissance et m'explique ce qui s'est passé avant qu'elle n'arrive au poste de police.

– Chez Suzy, je ne parvenais pas à dormir, m'avoue-t-elle. Je faisais cauchemar par-dessus cauchemar, tu comprends, Galoche ?

Et comment donc !

– J'ai réveillé toute la maisonnée avec mes cris de mort.

«Oui, quels cris effrayants, misère à poil!» que je me rappelle, me remémorant ma chute sur l'échafaudage après avoir assisté à cette scène horrible.

– Madame Bourdon, la mère de Suzy, m'a alors gentiment offert de venir me reconduire, et j'ai accepté...

Qui mieux que moi peut comprendre cette réponse de ma Douce après l'avoir vue pliée en deux en train de hurler dans le lit…

– Madame Bourdon a décidé d'appeler mes parents dans l'automobile, avant de partir. Mais quelle surprise pour elle et moi de voir arriver Fabien, Henri-Paul et Pierre-Luc, avec leur air paniqué! Je n'ai d'ailleurs pas encore trop bien compris ce qui s'est passé: les trois semblaient aussi étonnés que nous et bredouillaient des choses incompréhensibles. Mais Pierre-Luc m'a dit qu'il m'expliquerait tout ça plus tard…

« Oh, oh, j'ai bien hâte de savoir ce qu'il va raconter, celui-là… »

Moi, Galoche, j'ai déjà ma petite idée à ce sujet: Pierre-Luc a dû trouver un endroit pour téléphoner à son père. Ce dernier a aussitôt informé Fabien, et les deux ont rejoint en vitesse notre jeune voisin. Quelques minutes plus tard, ils arrivaient à la maison de Suzy au moment même où Émilie s'apprêtait à embarquer dans la voiture de la mère de son amie, avec sa petite valise. Pas sorcier du tout!

– C'est ainsi, Galoche, que je me suis retrouvée dans l'automobile d'Henri-Paul, poursuit mon Émilie, en caressant doucement ma fourrure, alors que je me colle un peu plus sur elle. À peine venions-nous de partir que Marilou a appelé papa sur son cellulaire pour lui apprendre que tu étais... en prison.

«Quelle histoire! que je me dis, en m'enfouissant le museau bien au chaud sous le bras de ma Douce.

– Pauvre Galoche! Tu sembles avoir vécu de terribles instants...

W-ouf! Ça oui! Je suis convaincu que mon Émilie ne pourra jamais savoir à quel point cette soirée a été un supplice pour moi. Heureusement, allongé aux côtés de mon amie pour la vie, je sais que je vais enfin pouvoir tout oublier et goûter au doux plaisir d'un long et profond sommeil.

– Au fait, Galoche, j'ai un secret à te confier, me dit Émilie, en tirant la couverture jusqu'à son cou. Tu sais, mes cauchemars chez Suzy, c'était un peu ta faute...

« Ma faute ? »... que je m'étonne, en sortant le museau de sous son bras et en plongeant mes yeux interrogateurs dans les siens.

– Oui, oui ! J'ai eu plein de remords. Je ne parvenais pas à t'extraire de mes pensées. Lorsque je t'ai quitté, tu avais tellement l'air piteux... Comme si passer la nuit sans moi était un vrai cauchemar.

Mon Émilie profite de cet instant pour me révéler qu'elle a fait trois cauchemars, coup sur coup, et que, chaque fois, j'en étais la victime. « Moi ? »

– Une vraie horreur ! insiste Émilie. On te tuait, juste devant moi. Et on m'empêchait de te sauver la vie. J'avais beau crier, me débattre, rien à y faire !... Imagine : j'allais te perdre, toi, Galoche ! Rien de pire ne peut m'arriver dans la vie, foi d'Émilie !

« Ahhh !... que je songe, très ému, étirant les pattes et le cou de bien-être dans le lit moelleux. M'entendre dire une si belle chose vaut bien toutes les souffrances endurées ce soir ! »

– Et sais-tu quoi ?... ajoute ma Douce. Dans mes cauchemars, c'était toujours le frère de Suzy qui te torturait. Tu sais, le voyou dont parlait Pierre-Luc ?...

« Le... le... le... »

– Veux-tu que je te raconte mes cauchemars en détail ?

« NON, JE T'EN PRIE, NON ! »... Je l'implore du regard, aussi tendu qu'un funambule sur son fil de fer.

– D'accord, mon beau! D'accord! Détends-toi, j'ai compris : assez d'émotions fortes pour ce soir!

Émilie se retourne doucement. «W-ouf!» C'est dans ces instants particuliers, où le respect de l'autre est en cause, que l'amitié fait toute la différence.

– Et puis, Galoche, ajoute Émilie, demain, je vais te préparer un bon bain de pattes...

«Un bain?...»

– Non, non, pas un vrai bain : je vais juste faire tremper tes coussinets endoloris dans une eau douce avec un peu de soda. Ils vont redevenir comme neufs, tu vas voir, tu vas pouvoir courir sans douleur comme avant...

«Une vraie soie, mon Émilie! Elle pense à tout.»

Rassuré, je ferme les yeux et réussis rapidement à faire enfin le vide dans ma tête.

– Galoche ? lance soudain mon Émilie, quelques instants plus tard. Juste un petit détail drôle, comme ça, que je veux te dire à propos de mon cauchemar. Après, je ne t'en parle plus, promis ! Imagine-toi donc que Jack, le frère d'Émilie, a deux serpents à sonnette tatoués sur les bras. Bizarre, non ? Dans mes rêves, on aurait dit qu'ils étaient vivants…Ah, ah, ah ! Pas très rassurant !… Bon, bon, je ne t'achale plus : bonne nuit, Galoche !… Et fais de beaux rêves !

« Rrrrr !… » Je sens que je vais revoir bientôt mes corneilles avec leurs têtes de sorcière, mon chat-tigre, mon misérable vampire, mon cyclope, et patati et patata… Misère à poil ! Est-ce qu'un jour je vais enfin pouvoir sortir de ces cauchemars à la queue leu leu et dormir à pattes fermées, comme un vrai bébé ?

YVON BROCHU

Ce que j'admire par-dessus tout chez mon fidèle Galoche, c'est sa bonne humeur. Sa capacité à toujours rebondir. À garder espoir. J'essaie même de l'imiter dans ma vraie vie, car c'est ainsi qu'il parvient à passer à travers les pires moments : il s'en sort parfois drôlement amoché, oui, mais toujours fier de lui de n'avoir pas abandonné... Je crois que c'est aussi ce qu'apprécie le plus sa douce Émilie. Malgré tous les cauchemars vécus par Galoche en une seule soirée, les remontrances à répétition de Marilou, jamais il n'a laissé tomber sa Douce. Notre admiration mutuelle pour ce booon chien devrait lui assurer une très longue vie... foi d'Yvon !

DAVID LEMELIN

Avoir à dessiner Galoche qui fait des cauche-mars... c'est un rêve pour un illustrateur! J'ai même dû me pincer, à quelques occasions, afin de vérifier si j'étais bel et bien éveillé car, à plusieurs reprises, notre bon chien vit des choses tellement palpitantes et extraordinaires qu'on se demande comment tout cela est possible. Il faut croire que l'imagination d'Yvon ressemble à l'appétit de Galoche devant les crêpes de Fabien: c'est sans fin...

Auteur : Yvon Brochu
Illustrateur : David Lemelin

Romans

BD

www.galoche.ca

RECYCLÉ
Papier fait à partir
de matériaux recyclés
FSC® C103567

Marquis imprimeur inc.

Québec, Canada
2012

Imprimé sur du papier Silva Enviro 100% postconsommation
traité sans chlore, accrédité ÉcoLogo et fait à partir de bi...

100%   PERMANENT   BIO